DISCOURS

PRONONCÉS

DANS L'ACADEMIE

FRANÇOISE,

Le Lundi 26 Juin M. DCC. LVIII.

A LA RECEPTION

DE M. DE LA CURNE DE SAINTE-PALAYE.

A PARIS, AU PALAIS,

Chez BRUNET, Imprimeur de l'Académie Françoise.

M. DCC. LVIII.

M. DE LA CURNE DE SAINTE-PALAYE *ayant été élu par Messieurs de l'Académie Françoise, à la place de* M. DE BOISSY, *y vint prendre séance le Lundi 26 Juin 1758, & prononça le Discours qui suit.*

MESSIEURS,

J'AI long-temps desiré la grace que vous m'avez accordée, j'ai travaillé constamment à la mériter ; la persévérance de mes desirs & la continuité de mes travaux font les garants de ma reconnoissance. Permettez que je renferme dans ce peu de mots le remerciment que je vous dois.

Ceux qui jusqu'à ce jour ont eu à peindre les sentimens qu'excitoit en eux l'honneur d'être assis parmi vous, ont employé des couleurs qu'il me siéroit mal de vouloir imiter. Les fleurs dont ils ont su parer leur hommage, ne se cueillent que dans les champs de la Littérature polie que j'ai

A

cessé depuis long-temps de cultiver, pour m'occuper uniquement à défricher un sol aride qui produit à peine quelques fruits sauvages.

Tandis que M. de Boissy formoit son talent pour le genre comique, sur les grands modèles qu'Athènes & Rome nous ont laissés; qu'il s'approprioit le sel d'Aristophane, mais en le corrigeant; la plaisanterie de Plaute, mais en la purgeant de ce qu'elle a de licencieux & de bas; l'élégante simplicité de Terence, mais en l'égayant; tandis qu'il éclairoit son goût par la lecture des bons ouvrages écrits en notre langue, & qu'il puisoit dans les vôtres, MESSIEURS, cette pureté de style qui fait un des principaux caractères des siens; tandis que chaque année son génie aussi varié que fécond enrichissoit la Scène de quelques productions nouvelles, toujours applaudies pour la facilité du dialogue, la vérité des portraits, la convenance des sentimens & la décence des mœurs : je me consacrois à un travail obscur, dont les progrès ne deviennent sensibles qu'après plusieurs années d'une profonde retraite & d'une application continue; peu brillant dans ses effets, parce que les avantages qu'il procure ne paroissent liés ni avec les besoins, ni avec les amusemens de la Société; enfin peu séduisant, puisqu'il semble ne promettre d'autre récompense que la réputation d'Ecrivain laborieux.

Telle étoit, MESSIEURS, l'idée que je me faisois moi-même de mes études, lorsque je commençai à m'y livrer : je ne prévoyois pas qu'elle duffent jamais attirer fur moi vos regards. Mais pour l'encouragement des Lettres , vous aimez à rappeller de temps en temps à ceux qui les cultivent, qu'aucun genre de mérite littéraire n'eft exclus de votre Sanctuaire ; que le Parnaffe François étant l'image de celui de l'Antiquité , où les neuf Sœurs , malgré la diverfité de leurs talens, fe réuniffoient fans diftinction , toutes les places n'y font pas refervées aux dons fublimes de l'Orateur & du Poëte ; & qu'ici, Clio conferve toujours le droit de s'affeoir entre Melpomene & Polymnie.

En nommant la Mufe de l'Hiftoire, j'ai nommé celle qui depuis ma première jeuneffe a feule été l'objet de mon culte ; celle qui daigna couronner mes premiers effais, en m'affociant à une Compagnie célèbre , où depuis trente-cinq ans je vois des Savans modeftes, rivaux fans jaloufie , fe communiquer fans oftentation, dans des Conférences que l'union des Membres rend toujours pacifiques , les fruits de leurs études qui embraffent tous les pays & tous les temps. Que ne leur dois-je pas ? Entraîné par un zèle ardent pour tout ce qui peut intéreffer notre Nation , je m'appliquois alors à l'Hiftoire de France : dès que l'Académie des Belles-Lettres m'eut adopté , le defir de juftifier fon choix enhardit mon courage, & m'infpira le deffein d'étudier nos Monumens hiftoriques fur un plan beaucoup plus étendu que n'avoient fait encore ceux qui ont couru la même carrière. Je me propofai, non de lire fimplement des faits, mais de recueillir en les lifant tous les traits relatifs aux

uſages , aux mœurs , aux loix , au gouvernement , aux droits de la Couronne , & d'en com-
poſer un corps d'antiquités Françoiſes. L'hiſtoire
d'un Peuple conſiſte moins dans le récit de ce qu'il
a fait , que dans la peinture de ce qu'il a été.

Pour remplir un deſſein ſi vaſte , ce n'étoit pas
aſſez de dépouiller les volumes immenſes des
Pithou, des Duchêne, des Sirmond , des Lecointe,
des Mabillon & de pluſieurs autres que l'Impreſ-
ſion a mis entre nos mains ; je jugeai que je devois
y joindre les Manuſcrits François du XI, du XII
& du XIII. Siècle. Ce ſont des Romans pour la
plupart , & des Poëſies de différentes eſpèces ;
ouvrages à peine connus de nos jours , où l'Italie
moderne a néanmoins puiſé une partie des richeſ-
ſes de ſa langue , où ſes plus grands Ecrivains ont
pris des leçons pour devenir nos modèles ; ouvrages auxquels l'Europe ne doit pas moins la renaiſ-
ſance des Lettres, qu'au retour des Arts de la Grèce
dans nos Contrées ; ouvrages enfin dont la lecture eſt néceſſaire à quiconque veut ſuivre les progrès de l'eſprit en France , & connoître notre
Hiſtoire comme Varron connut celle des Romains.

Ces Auteurs de Romans & de Poëſies n'eurent
point , il eſt vrai, le talent d'embellir ni d'ag-
grandir la nature ; leur génie borné ne ſe porta
jamais au-delà des objets qui leur étoient familiers.
Tout frappoit leurs yeux, rien n'échauffoit leur
imagination. Mais cette exactitude froide & ſer-
vile garantit la vérité des faits & des détails qu'ils
nous ont conſervés ; & ces faits, ces détails ſup-

pléent plus abondamment qu'on ne pense à la
sécheresse des Chroniqueurs.

Au premier regard que je jettai sur cette foule
de Manuscrits, je fus effrayé de la barbarie du
langage. Arrêté à chaque pas dans ce labyrinthe
ténébreux, combien de fois j'ai regretté que quel-
que homme de Lettres, plus digne d'être le rival
de Ducange, n'en eût pas applani les routes !
J'osai le tenter : cette entreprise me parut un
préliminaire essentiel ; je l'envisageai d'ailleurs
comme un moyen de multiplier, ou plutôt de
faire revivre parmi nous les amateurs des antiquités Françoises. Dès-lors renonçant pour moi-même
à l'honneur des découvertes, je me bornai à celui
de les faciliter à nos neveux, par la rédaction d'un
Glossaire que je ne crains pas d'annoncer comme
un des plus amples qu'ait eu jusqu'à présent aucune
langue de l'Europe. Si j'ai eu le bonheur de réus-
sir, ils me sauront gré d'avoir arraché les épines
qui couvroient tant de matériaux de notre Histoire. C'étoit le seul obstacle qui restât à vaincre,
aujourd'hui que nous voyons ces précieux matériaux, amassés par des mains savantes, former de
magnifiques collections, suivant le projet qu'en
avoit conçu l'immortel Rosny, & cet illustre
Magistrat qui partage avec votre Fondateur la
reconnoissance des Muses Françoises.

Vous entrez, MESSIEURS, dans les vues de
Seguier, en accueillant un ouvrage entrepris pour
éclaircir des monumens qu'il vouloit rassembler,
& dont une partie enrichissoit déja sa Bibliothè-

que ; un ouvrage qui par son objet, par sa forme & par les combinaisons qu'il exige, a tant de rapport avec vos exercices, & qui peut-être ne sera pas inutile à votre gloire. La comparaison que l'on fera bientôt d'un Glossaire barbare qui représente la langue telle que la parloient nos Pères au temps où elle a été formée, avec ce Dictionnaire dans lequel vous avez consigné toutes les richesses qu'elle a depuis acquises ; ne servira qu'à mettre en évidence ce qu'on doit aux grands Hommes qui l'ont amenée par degrés au point où elle est parvenue, & à ceux qui savent l'y maintenir.

Qu'étoit-elle en effet à sa naissance, & qu'a-t-elle été dans ses premiers accroissemens, cette Langue aujourd'hui soumise sans contrainte aux loix d'une Grammaire qui règle la marche de l'esprit, & n'en gêne pas l'essor ; cette Langue élégante & nombreuse qui joint la précision à la clarté, les graces à l'énergie, qui se plie à tous les styles, à tous les tons, qui sait tout exprimer & tout peindre, qui suffit aux besoins de la Raison, du Génie & du Sentiment ? C'étoit un alliage confus d'idiomes mal assortis, un amas de mots brutes & rustiques, dont l'ortographe, la prononciation, le sens même ne furent jamais fixes ; un jargon informe, sans règles & sans principes, portant l'empreinte de cette Anarchie féodale qui méconnoissoit les Loix, ou tendoit à les détruire ; enfin un assemblage monstrueux d'allusions froides, de métaphores absurdes, d'allégories outrées, de figures de toute espèce entassées sans ordre & sans intelligence. Cette Langue, s'il est permis de l'appeller de ce nom, je l'ai prise au berceau, je l'ai suivie dans son développement ; & le Gloffaire que je me propose de donner au Public est le résultat de mes recherches : vous l'avez considerée, MESSIEURS, dans son âge mûr, & votre Dictionnaire la montre dans son état floriffant.

Quelle sera donc la surprise des siècles futurs à la vue du contraste que leur offriront les deux Tableaux rapprochés l'un de l'autre ! Ils demanderont comment a pu s'opérer dans une Langue effentiellement la même, un changement qui la dénature. La révolution, pouvons-nous répondre par avance, est arrivée depuis que l'Etat n'a plus qu'un centre, les Grands qu'un intérêt, la Nation qu'un esprit ; depuis que l'autorité légitime a repris ses anciens droits, & que les Sujets plus heureux à l'ombre du Trône ont pu cultiver les Arts, & cueillir ces fruits de la Paix que les discordes inteftines étouffoient jadis dans leur naiffance. Ainfi, pendant que Louis XIV. affermiffoit le pouvoir fuprême relevé par Louis XI, Peliffon, Racine & Flechier faifoient voir dans fa perfection une Langue qui, fous la plume de Commines, fortoit à peine du chaos.

Dans ce renouvellement qui tient du prodige, on reconnoît, MESSIEURS, l'influence qu'eut à la fois sur le monde politique, & sur le monde littéraire, le fyftême de gouvernement enfanté par le génie du Cardinal de Richelieu. Ce fyftême a rehauſſé la Nation entière ; il a réconcilié les Etats ſans les confondre ; il a rendu les routes de l'honneur également acceſſibles à tout François. Si la Société a des douceurs & des avantages ignorés de nos pères ; ſi les plaiſirs ſe ſont épurés en ſe multipliant ; ſi les Arts ont fixé parmi nous leur ſéjour ; ſi les Muſes auxquelles François I. ne donna qu'un azyle ont maintenant des Temples ; ſi les talens, le ſçavoir, & plus encore les vertus ſont aujourd'hui des titres ; ſi ces titres ont mis entre les Citoyens une proportion, un équilibre inconnus à des ſiècles barbares, tant de biens que nous ne ſentons pas aſſez ſont des conſéquences de ce ſyſtême. Richelieu qui les avoit prévus, preſſentit en même temps que la Langue d'un Peuple tranquille, ſavant & poli, ſeroit bientôt digne, ſeroit bientôt capable d'être fixée ; & c'eſt à vous, MESSIEURS, qu'il a confié ce ſoin en vous établiſſant.

Nous le ſavons trop ; lorſque par des progrès inſenſibles les choſes humaines ont atteint le terme preſcrit à leur accroiſſement, l'activité qui les y conduiſoit les pouſſe au-delà du but : il avoit fallu de la force pour les y porter ; il en faut pour les y retenir. Et ſi les Langues vivantes ſont aſſujeties comme tout le reſte à ce principe général d'altération, elles ont de plus à ſe défendre contre les entrepriſes du mauvais goût, & contre l'abus que l'on fait ſouvent des droits réels de l'Uſage ; elles ont à combattre juſqu'au Luxe, dont la contagion s'étend des mœurs aux idées & des idées au ſtyle.
Ainſi

'Ainſi dégénéra cette Langue à peine inférieure à celle d'Athènes , que Rome avoit ſu ſe former : Seneque trouvoit l'éloquence de Ciceron trop ſimple , pendant que ſon Elève faiſoit dorer les Statues de Lyſippe ; & peu d'années après , les Auteurs du ſiècle d'Auguſte furent ſeulement connus de ceux qui ſe piquoient d'érudition. Nos grands Ecrivains auroient-ils donc à redouter le même ſort ? Et ſaudra-t-il un jour que des François étudient Boſſuet & Fenelon pour les entendre ?

Cet exemple peut allarmer ; mais outre que l'expérience nous inſtruira ſans doute , la deſtinée de notre Langue eſt entre vos mains ; & les efforts que vous ferez , MESSIEURS , pour la conſerver , ne trouveront point en nous l'indifférence que ſentoit pour la Langue Latine cette multitude d'étrangers , qui portoient le nom de Romains ſans avoir l'ame Romaine. Si le zèle pour la gloire nationale peut jamais ſe perpétuer ſans s'affoiblir , c'eſt dans une Nation véritablement une , telle qu'eſt devenue la nôtre depuis que le règne de Louis le Grand a juſtifié la politique du Cardinal de Richelieu.

Sous cette époque glorieuſe tout prit une face nouvelle : il partit du Trône un rayon de grandeur qui devint l'ame univerſelle de cet Empire. Le mouvement imprimé par la puiſſante main de Louis XIV. dirigea vers l'utilité générale tous les courages , tous les talens , tous les Arts. Le caractère de la Nation fut terminé : la France connut ſes forces ; & Louis le Grand fit le deſtin de son siècle. Pour célébrer les merveilles de son règne, tous les tréfors de l'Eloquence & de la Poësie se sont épuisés, mais son éloge ne l'est pas encore. La récompensé des Souverains nés pour la gloire, ou pour le bonheur de leurs Peuples, est cette immortalité qui les rend à jamais présens sur la terre : leurs noms attachés à leurs actions, dont la mémoire se transmet d'âge en âge, sont consacrés par la reconnoissance, ou par l'admiration des hommes qui recueillent les fruits de leurs bienfaits, ou qui ressentent les effets de leur puissance.

Ce furent là les titres de Louis XIV. Le digne héritier de ses vertus & de son sceptre aura les mêmes droits sur l'hommage de nos Successeurs. Comme nous, ils aimeront à représenter cette majesté tempérée par la douceur, qui attire également & l'amour, & le respect : ils s'empresseront à rappeller son équité, sa modération, sa tendresse pour ses Peuples, ce noble désintéressement qui caractérise l'ame vraiment héroïque, & dont les vues bienfaisantes embrassent l'Univers. Disons tout en un mot ; ceux qui dans la suite essaieront de peindre Louis & son auguste Bisayeul, se plaindront ainsi que nous, de ne pouvoir s'acquitter à leur gré du tribut d'éloge qui, dans les siècles les plus reculés, sera dû à ces deux Monarques ; tous se réduiront à féliciter l'Académie Françoise, d'avoir à la tête de ses Protecteurs un Auguste & un Titus.

Réponse de M. l'Abbé ALARY, *au Difcours de M.* DE LA CURNE DE SAINTE-PALAYE.

MONSIEUR,

Dès les premiers pas que vous avez faits dans la carrière de la Littérature Françoife, vous avez eu le droit de prétendre à la place que vous venez occuper aujourd'hui. Un Gloffaire de notre ancienne Langue, travail de quarante années, continué fans interruption, ne méritoit pas une récompenfe moins éclatante.

Voilà, MONSIEUR, les titres que vous nous apportez; l'Académie peut-elle en exiger de plus folides & de plus utiles pour fon objet principal?

A la renaiffance des Lettres, on ne regardoit comme érudition, que la connoiffance exacte des Antiquités Grecques & Romaines. Les Savans ne s'occupoient que de l'intelligence parfaite de ces deux Langues, & de l'Hiftoire de ces deux Peuples. La nôtre nous étoit prefque inconnue. D'épaiffes ténèbres couvroient les premiers fiècles de nos Annales; mais une foible lumière qu'entrevirent quelques-uns de nos Compatriotes, fit naître en eux le defir de n'être plus étrangers dans leur propre Pays.

Quel courage ne fallut-il pas pour forcer les

barrières du préjugé, pour se faire des routes dans des forêts impénétrables, pour remettre en valeur des Terres abandonnées depuis long-temps? Eh! quel autre but pour des travaux si pénibles, que l'espérance incertaine de se faire un nom dans la postérité, devenue plus éclairée sur ses véritables intérêts?

En effet, quel avantage pour un Peuple de connoître l'origine de ses Loix, l'établissement de ses usages, la forme primitive de son gouvernement! Pourra-t-il y parvenir tant qu'il ignorera la vraie signification des termes les plus anciens de sa Langue?

Ce fut dans cette vue que les du Belley, les Pasquier, les Fauchet, consacrèrent les premiers leurs veilles à l'éclaircissement de nos Antiquités. Leur exemple fut suivi par les Mabillon, les du Cange; mais toutes leurs recherches n'auroient pas suffi pour l'intelligence des plus précieux Monumens de notre Histoire.

Il vous étoit réservé, MONSIEUR, de concevoir & d'exécuter le projet de rendre ces trésors publics. Vous en avez trouvé le seul moyen; les difficultés les plus rebutantes n'ont point refroidi votre zèle, toujours animé par l'utilité & par l'importance de votre travail.

Si vous avez paru l'interrompre quelquefois pour vous soumettre aux loix que vous imposoit votre Compagnie, vous avez choisi pour la matière de vos Dissertations des sujets qui concourroient toujours à votre premier but. Vous nous avez donné des notices exactes de nos Historiens les plus célèbres. Vous nous avez dévoilé cet établissement politique & militaire , connu sous le nom d'ancienne Chevalerie ; vous avez tiré de l'obscurité ces vieux Romans , fidèles dépositaires des mœurs de notre Nation; vous nous avez prouvé enfin qu'avec du courage & de la sagacité il pouvoit résulter de grands avantages des lectures que l'on regarde ordinairement comme les plus frivoles.

Vous ne vous ètes pas contenté, Monsieur, des secours que vous pouviez trouver dans votre Patrie ; vous avez passé deux fois les Alpes. Le Vatican vous a laissé examiner scrupuleusement ses Manuscrits les plus rares : Florence ne vous a rien caché de ses dépôts littéraires. Le mérite modeste , ennemi de toute ostentation , vous a servi d'introducteur auprès de tous les Savans d'Italie. Ce que l'Eglise a de plus éminent , a recherché & voulu conserver votre amitié ; tous ont reconnu que ce n'étoit pas le desir de la célébrité qui animoit votre entreprise ; & la noblesse de votre motif a déterminé à vous communiquer, sans réserve, tout ce qui pouvoit enrichir vos Recueils.

Vous êtes revenu chargé de ces dépouilles dont vous seul étiez en état de faire usage , & les premiers inventeurs de notre ancienne Poésie devront à vos soins de revoir une seconde fois le jour. Je ne parle qu'après les Italiens eux-mêmes , ces justes appréciateurs du savoir & des talens. Ils ont rendu publique l'impression que vous leur aviez faite , en vous dédiant leurs ouvrages : ils ont voulu les faire paffer à la poftérité fous les aufpices d'un nom qui ne pouvoit manquer d'y parvenir.

Si l'objet de vos études a été d'un genre abfolument différent de celui de votre Prédéceffeur, vous avez de commun avec lui un caractère & des qualités qui doivent vous rendre extrêmement défirable dans une Société littéraire. Vos preuves font déja faites dans celle où vous avez depuis long-temps autant d'amis que de Confrères. Vous n'y avez point trouvé de rivaux pour la place que vous venez d'obtenir ; tous ont concouru à folliciter pour vous la récompenfe dûe à vos veilles & à l'utilité de vos laborieufes recherches. Vous avez même pu jouir d'avance du plaifir flatteur de voir notre choix approuvé. Vous avez pu reconnoître que la confidération feule, cet hommage d'autant plus touchant qu'il eft plus libre, fuffifoit pour déterminer nos fuffrages. Quel bonheur pour la Littérature, fi tous ceux qui en font profeffion agiffoient toujours par les mêmes principes, que vous avez mis fi heureufement en ufage. Les talens ne feroient point deshonorés par les mœurs, & la vertu deviendroit le caractère diftinctif de l'Homme de Lettres.

M. de Boiffy a bien fuivi ces mêmes maximes ; fon affiduité à nos Affemblées nous a confirmé de plus en plus dans l'idée que la voix publique nous avoit donnée de lui. La reconnoiffance de fes Concitoyens pour le grand nombre de Pièces dont il avoit enrichi différens Théatres, & dont plufieurs avoient eu le plus grand fuccès, ne nous avoit impofé en rien fur le mérite du Candidat qu'elle nous préfentoit.

Egalement recommandable par fon refpect pour la Religion, par l'exactitude de fa conduite, & par la fécondité de fon imagination, il s'eft uniquement reftraint dans fes Comédies à peindre les ridicules; il a toujours évité ces perfonnalités offenfantes, qui ne décèlent que la malignité de l'Auteur, fans contribuer en rien à corriger les défauts du fiècle.

Efprit fage & modéré, il préféra le mérite de plaire à celui d'étonner; il fut plus flatté de l'ef-time que de l'admiration; il aima mieux fe faire rechercher par la douceur & par la fûreté de fon commerce, que de briller par ces éclairs frappans par leur vivacité, mais rarement fubordonnés à la jufteffe. Il répandit des graces dans toutes fes pro-ductions, de la gayeté & de l'enjouement, fans jamais abandonner la décence. Faut-il être furpris du grand nombre d'amis qu'il s'étoit acquis ? Au-teur fans préfomption, Poëte fans jaloufie, on ne voyoit rien en lui qui n'infpirât de la confiance, & qui ne fît défirer fa Société.

Si nous le regardons comme Académicien, il a toujours paru dans nos Affemblées concourir à nos travaux avec zèle; mais plus attentif à bien con-noître l'opinion des autres, qu'à foutenir la fienne avec chaleur, il fe foumettoit fans répugnance dès qu'il croyoit entrevoir la vérité; il renonçoit avec modeftie à l'honneur frivole de la découverte,

pourvu que l'avis le mieux fondé prévalût. Plus il
est rare de trouver dans les disputes littéraires une
douceur si désirable, plus nous devons regretter
un Confrère qui nous a laissé un exemple si avan-
tageux, mais en même temps si difficile à suivre.

Il ne le sera pas pour vous, Monsieur, vous
pourriez servir de modèle dans le même genre.
Vous nous dédommagerez de notre perte autant
par votre assiduité, que par l'étendue & par la va-
riété de vos connoissances. Venez jouir avec nous
de la distinction flatteuse d'avoir notre Souverain
pour notre Protecteur : il est au-dessus de tous les
éloges; il n'est sensible qu'au surnom de Bien-Aimé,
le seul qui doive être désiré par les Rois qui ne
connoissent que la véritable gloire.